Für meine Familie

Sie sind meine Inspiration, mein Rückenwind,
meine Erinnerung an das Wesentliche
und meine ganze Liebe.

Es gibt etwas in dir, wo es sich lohnt, zu verweilen und genauer hin-
zuschauen und hinzuhören.

Du kannst es nicht machen, nicht tun, du darfst dich hineinsinken
lassen und in dir ankommen.

Ich möchte dich mit diesem Buch dazu einladen.

Eine Einladung für alle erwachenden und suchenden Menschen.

Liebe DICH und erkenne DICH

Du bist einzigartig

Erwache in dein reines bewusstes Sein

Und staune über deine Freiheit

Alles ist möglich und

Alles ist bereits in DIR

Silvia Heimburger

SeelenGaben

Ein freies Leben aus dem wahren SEIN heraus

www.tredition.de

© 2020 Silvia Heimburger
Originalausgabe, 1. Auflage, Band 1 „SeelenGaben – Ein freies Leben aus dem wahren SEIN heraus".

Autorin: Silvia Heimburger
Umschlag, Illustration: Sabina Acker
Lektorat, Korrektorat: Riccarda Larcher, Anne-Cathrin Rost

Verlag & Druck: tredition GmbH, Halenreie 40-44, 22359 Hamburg

ISBN
Paperback   978-3-347-15587-9
e-Book   978-3-347-15589-3

Bibliografische Information der Deutschen Nationalbibliothek:
Die Deutsche Nationalbibliothek verzeichnet diese Publikation in der Deutschen Nationalbibliografie; detaillierte bibliografische Daten sind im Internet über http://dnb.d-nb.de abrufbar.

Inhalt

Meine Einladung an DICH

SeelenGaben

Worte – Geschichten aus der Seele für die Seele

Das geschriebene und gesprochene Wort nimmt die Menschen immer mit zu sich selbst. Egal, ob es ein kleiner oder großer Teil ist, der durch die Geschichten in uns in Resonanz kommt – immer berührt es die eigene Seele.

Was gibt es Schöneres, als diese Berührung wieder zu erleben und zu genießen?

Lass uns gemeinsam Worte und Geschichten empfangen, lauschen, erzählen und miteinander teilen. Das wäre wunderbar, denn in vielen Naturvölkern ist es etwas ganz Normales, dass die Menschen sich Geschichten erzählen. Geschichten, die sie mit der Erde, der Natur, den Naturwesen und natürlich auch dem Wissen ihrer Ahnen verbinden.

Geschichten, die von der Seele empfangen werden und die deshalb auch eine große Weisheit in sich tragen.

So wird in den Geschichten und Erzählungen das Wesentliche immer weitergereicht, von Generation zu Generation.

Bei uns ist vieles davon verloren gegangen. Die Zeit fehlt uns dafür, denn der Alltag verlangt uns zu viel ab. Doch ist das wirklich so? Stell dir doch einmal gerade jetzt diese Frage. Wie schön wäre es für dich, wenn du dir einfach Zeit nehmen könntest für solche Geschichten? Wenn du zuhören dürftest, wenn du auch selbst erzählen könntest?

Das darf bewirken, dass wir uns wieder näherkommen, auf der Herzensebene begegnen. Wir erinnern uns durch diese Geschichten sehr leicht an unsere innere Weisheit und daran, was wir in Wirklichkeit sind.

Ja, wir sind Menschen – aber gleichzeitig auch so viel mehr. Wir dürfen ALLES SEIN. Und das zu jeder Zeit.

Diese Geschichten, die ich hier mit dir teile, werden dich genau daran erinnern. Sie werden dir Türen öffnen – immer zu dir selbst und deinem unbegrenzten SEIN.

Ich habe es für mich als meine SeelenEssenz erfahren und daraus schöpfe ich – bin ich verbunden – jeden Tag, jeden Augenblick und es nährt mich zutiefst.

Was ist das überhaupt, unsere Seele? Und warum sollte ich daran glauben? Was sollte mir diese Seele geben?
All diese Fragen habe ich mir irgendwann in meinem Leben einmal gestellt. Immer und immer wieder, und irgendwie ging es mir nicht mehr aus dem Kopf. Zu verlieren hast du nichts, habe ich mir damals gesagt, also was hält dich davon ab?

Und dann – ganz vorsichtig – habe ich begonnen, mich tatsächlich auf diese Reise einzulassen. Eine Reise, wie sie schöner nicht sein könnte.

Eine Reise, die immer noch andauert und die wohl mein ganzes Leben dauern wird.

Ich möchte dich an dieser Stelle einladen, dich ebenfalls auf den Weg zu machen. Du musst keine Koffer packen, du brauchst kein riesiges Gepäck um zu überleben. Du benötigst keinen Proviant, keine Unterkunft muss gebucht werden. Kann es noch leichter gehen?

Ich reiche dir JETZT die Hand, um wirklich aus deiner Startbox herauszugehen und loszuwandern. Es ist ein innerer Weg, der so viele Geschenke für dich bereithält.

Du wirst staunen!

Es gibt einen Ort, an dem du jederzeit willkommen bist

Es gibt einen Ort, wo die pure Liebe dich erwartet

Es gibt einen Ort, wo du dich ausruhen darfst

Es gibt einen Ort, wo du alle Antworten finden wirst

Es gibt einen Ort, an dem du zu Hause bist

Ankommen

Endlich ankommen

Wo ist dieser Ort – sag es mir!

Du findest diesen Ort in DIR – nur in DIR

Mach dich auf den Weg, zögere nicht mehr länger

Du wirst erwartet

Dein Leben – eine Liebesbeziehung der besonderen Art

„Oma, was ist denn das – hast du das geschrieben?"
Johanna schaute ihrer kleinen Enkeltochter entgegen, als diese mit einem Notizbuch in der Hand zu ihr kam. Sie erkannte es sofort und sie lächelte. „Wo hast du das denn gefunden?" Erst vor einigen Tagen hatte sie selbst danach gesucht, war aber nicht fündig geworden.

„Es war oben, auf dem Dachboden, und schau mal Oma, da sind noch viele Fotos von dir. Du siehst so glücklich aus."

Johanna erinnerte sich sehr gut. Es war wieder Herbst – gerade wie damals – vor vielen Jahren. Sie schloss die Augen und blickte zurück.

An diesem Abend, nach einem langen Arbeitstag, saß Johanna auf ihrem Balkon und genoss die letzten warmen Sonnenstrahlen. Es war jetzt Mitte September und die Dunkelheit ließ nicht mehr lange auf sich warten. Da sie immer erst spät aus dem Büro nach Hause kam, hatte sie im Herbst nicht mehr so viele Möglichkeiten, der Sonne zu begegnen.

Johanna legte den Kopf in den Nacken und schloss ihre Augen. Wie wunderschön dieses Gefühl der Wärme doch war. Es zauberte ihr wahrlich ein kleines Lächeln ins Gesicht und sie konnte sich ein wenig entspannen. Ruhe und Entspannung, das kam bei ihr oft viel zu kurz. Und sie merkte es erst dann, wenn ihr Körper ganz deutliche Signale sendete. So wie in den letzten Tagen – oder waren es vielleicht schon Wochen?

Oft ignorierte Johanna diese Signale, und erst, wenn es heftiger wurde, begann sie einen Gang zurückzuschalten. Doch immer war da in ihr dieser Drang; dieses Gefühl, nicht schnell genug zu sein, vielleicht auch nicht gut genug. Für Johanna fühlte es sich so an, als ob sie immer und ewig ihrem Leben hinterherrennen würde. Sie rannte und rannte und konnte es doch nicht erreichen. Gerade so, als ob sie mit ausgestreckter Hand etwas festzuhalten versuchte. Festhalten und ankommen – das war ihr tiefer Wunsch.

Sie wollte es so von Herzen gerne. Sie sehnte sich danach und sie würde alles dafür tun. Doch irgendwie schien es ihr nicht zu gelingen. Je mehr sie es wollte, umso mehr schien es ihr zu entgleiten.

Doch Johanna kannte auch diese anderen Momente. Kurze Augenblicke zwar nur, doch sie waren ihr schon begegnet. Ein Lächeln bei einer flüchtigen Begegnung, ein Windhauch, der sie unerwartet streifte und ihr den wundervollen Duft der Kirschblüten mitbrachte, ein Vogel, der sich ihren Balkon für sein zartes Gezwitscher ausgesucht hatte, ein liebes Wort, unerwartet von einem Arbeitskollegen.

Hier blitzte ganz sachte ein Leben auf, das sie mit einer unerwarteten Wärme berührte. Ihr Leben vielleicht? Doch warum nur so kurz? Warum konnte sie diese Momente nicht festhalten? Warum war es ihr nicht vergönnt, diese Schönheit länger zu genießen?

Johanna sehnte sich auch nach einer festen Beziehung. Auch das war ein Wunsch, der ihr bis jetzt versagt blieb. Sie lernte zwar immer wieder Männer kennen, fand diese auch ganz attraktiv, doch dann war es schon vorbei, bevor es richtig beginnen konnte.

Heute Abend wollte sie der Sache auf den Grund gehen. Sie hatte sich entschlossen, endlich die Ursache für ihr Dilemma herauszufinden. Und sie wollte den Schalter umlegen. Doch sie wusste auch, dass sie zuerst noch einiges über sich erfahren musste. Sich selbst kennenlernen.

Heute Abend hatte Johanna ein DATE mit sich selbst.

Deshalb war sie auch früher aus dem Büro nach Hause gekommen als sonst, und sie hatte das Telefon und die Haustürklingel abgestellt. Nichts sollte sie ablenken von dieser Begegnung. Denn das war jetzt ihre Zeit und sie spürte, dass sie so weit war. Sie war zutiefst bereit dafür. Und in diesem BEREIT-SEIN spürte sie ein merkwürdiges Kribbeln in sich, eine Art Vorfreude. Komisch, dachte sie so bei sich, aber genau diesem Kribbeln wollte sie sich jetzt noch mehr öffnen.

Als die Sonne langsam unterging, verließ Johanna ihren Platz auf dem Balkon und ging in ihre kleine, aber sehr gemütliche Wohnung hinein. Sie ließ die Balkontür noch geöffnet und setzte sich mit ihrem Tee in ihren großen Sessel. Dort konnte sie sich so richtig einkuscheln und fühlte sich wohlig geborgen. Auch die Kerze hatte sie mit hereingenommen und auf ihren Wohnzimmertisch gestellt. Es war nun die einzige Beleuchtung und alles schien so friedlich und still.

Johanna saß da und bekam auf einmal den tiefen inneren Impuls, zu schreiben. Rasch holte sie sich ihr Notizbuch, einen Stift, und dann ging es auch schon los. Da stand groß und deutlich die Überschrift:

Mein Leben

Und was sich da in Worten auf dem Blatt Papier ausdrückte, Johanna war total erstaunt. Sie schrieb und schrieb. Worte und Sätze wie:

Wo bist du, mein Leben, wann hast du dich von mir verabschiedet?

Wohin bist du geflüchtet und warum?

Was hast du mitgenommen?

Ja, du hast Teile von mir mitgenommen, die mir fehlen.

Habe ich dich nicht immer wieder eingeladen und willkommen geheißen?

Mein Leben, ich sehne mich so sehr nach dir. Ich möchte dich lieben, ich möchte mich lieben und ich möchte unsere Vereinigung spüren.

Mein Leben, von wem wirst du gelebt, wenn nicht von mir?

Mein Leben, du bist ein unendlich kostbarer Schatz und ich habe dich nicht gewürdigt.

Ich habe dich als selbstverständlich betrachtet.

Ich habe mich immer nur nach einer erfüllten Zukunft gesehnt.

Einer Zukunft, die doch nie so eingetroffen ist.

Mein Leben, auch in der Vergangenheit hast du mir oft nicht gefallen.

Vieles hätte besser laufen können – in meinem Leben.

Auf manches hätte ich verzichten können.

Und anderes hatte ich mir gewünscht und nicht bekommen.

Mein Leben, dabei habe ich DICH in diesem Augenblick übersehen.

Du hast es versucht – ja, du hast es wirklich versucht.

Du warst immer da und hast kurz aufgeleuchtet.

Es gab diese besonderen Momente.

Doch ich habe nicht mit meinem Herzen hingesehen.

Mein Leben, jetzt höre ich dich rufen.

Mit jedem Atemzug und in jedem winzigen Augenblick.

Du berührst mich mit deiner zauberhaften Magie.

Du begegnest mir in deiner puren Ehrlichkeit.

Du liebst mich in jeder einzelnen Begebenheit.

Mein Leben – eine einzige Einladung.

Mein Leben, du forderst mich auf, nicht länger an dir vorbeizugehen oder von außen zuzuschauen.

Du ermutigst mich zu springen, mitten hinein in mein eigenes Spielfeld.

Es ist ganz klar – jetzt.

Mein Leben möchte nicht von anderen Menschen gelebt werden, es möchte mich spüren.

Mich, mit einer Intensität, dir mir manchmal den Atem raubt.

Eine Intensität, dir mir das Kribbeln im Bauch schenkt und mir Flügel verleiht.

Mich, die Mutige, die im Tanz mit ihrem Leben ihren kühnsten Visionen folgt.

Jetzt weiß ich es.

Mein Leben – ich wähle dich, so wie du mich wählst.

Wenn ich meinem Leben begegne, werden wir eins.

Die Erinnerung ist da, ursprünglich, kraftvoll.

Das Leben – mein Leben.

Ja – jetzt sage ich JA zu dir – meinem Leben.

Johanna schrieb noch sehr viel mehr auf das Papier und längst war ihr Gesicht von Tränen überströmt. All ihre Gefühle, alles Aufgestaute in ihr machte sich Platz, konnte fließen. Endlich – so lange hatte sie das zurückgehalten. So lange war sie hart gegen sich selbst gewesen. Doch jetzt, als ihr Leben zu ihr sprach, war sie in ihrem Herzen berührt – zutiefst berührt.

Sie wollte diese Öffnung, sie war diese Öffnung. Sie war so verbunden mit sich selbst, mit ihrem tiefsten Sein, dass auf einmal alles einen Sinn ergab. Einen viel größeren Sinn, als sich das Johanna jemals gedacht hatte. Sie fühlte eine Liebe in sich, die nicht von dieser Welt war. Früher hätte das Johanna als Kitsch abgetan, doch jetzt war es einfach so. Einfach SEIN – angekommen im Leben.

Johanna empfand die Begegnung mit ihrem Leben wie das Sichtbarwerden einer zarten, ganz jungen Pflanze. Und sie traf in diesem Moment eine Entscheidung für sich. Sie wollte diese Pflanze hegen und pflegen, sie wollte ihr beim Wachsen beistehen, sich an ihrer Blüte erfreuen. Sie wollte der Gärtner in ihrem Leben sein. Niemand sonst konnte das für sie übernehmen.

Mit dieser Entscheidung war auch klar, dass Johanna endlich Verantwortung übernehmen wollte und auch konnte. Bisher schob sie das ganz gerne ab, doch jetzt nicht mehr. Sie fühlte die zarten Liebesbande zwischen sich und ihrem Leben. Eine Liebesbeziehung, wie sie schöner und erfüllender nicht sein konnte. Dieser Liebesbeziehung wollte sie sich hingeben. Immer und immer wieder.

So konnte sie auch ihre innere Stimme wieder zulassen. Die Stimme, die ihr Mut zusprach in allen Situationen; die Stimme, die so viel Weisheit in sich trug; die Stimme, die ihr den Weg zu ihrem Ursprung zeigen wollte.

Wie lebendig sich Johanna auf einmal fühlte. Und wie richtig, richtig wohl in ihrem Körper. Sie sprang von ihrem Sessel auf und tanzte durch das ganze Zimmer.

Frei sein – lebendig sein – im Einklang mit Himmel und Erde.

Das war es, das hatte sie so lange vermisst. „Das kannst du nicht machen, Johanna" war da auf einmal ihre innere Stimme. „Das kannst du nur empfangen. Und dann ist es ein Geschenk von deinem Leben, das du dankbar annehmen darfst. Du musst es auch nicht festhalten, weil du es niemals verlieren kannst. Du kannst es vergessen, du kannst dich im Alltag verlieren, aber stets wartet dein Leben auf dich und empfängt dich mit offenen Armen.

Dein Leben, in dem du der Hauptdarsteller bist. Dein Leben, in welchem du klar und deutlich ausdrückst, wo und wie es für dich weitergeht. Dein Leben, in dem du oft und gerne deine gewohnten Bahnen verlassen darfst."

Johanna hat das Date mit sich selbst – mit ihrem Leben – genutzt. Wie ist das mit dir? Hattest du auch schon einmal ein DATE mit deinem Leben, oder drückst du dich vielleicht noch davor? Doch in Wahrheit sehnt sich alles in dir danach? Worauf wartest du dann noch?

Wie kann sich dein Leben noch schöner, noch freier, noch bunter, noch lebendiger zeigen? Mit dir mittendrin!!!

Jetzt ist deine Zeit

Jetzt ist deine Zeit, um tief einzuatmen

und deinen Atem dann fließen zu lassen

Jetzt ist deine Zeit, um innezuhalten

Jetzt ist deine Zeit, um die Suche kurz einzustellen

Genau jetzt ist DEINE ZEIT

Nimm dir diesen Augenblick, beschenke dich damit

Du bist es wert

Nimm dir diesen Augenblick und öffne dich

Du bist es wert

Nimm dir diesen Augenblick und sei einfach nur still

Du bist es wert

Denn wisse – es gibt keinen besseren Augenblick

als genau JETZT

Für DICH und dein Leben

Es gibt sie – die Liebesbeziehung mit deinem Leben. Es gibt sie in jedem Moment, in dem du es dir erlaubst. Das Erlauben und das Empfangen spielen eine sehr große Rolle.

Was wäre, wenn dich diese Geschichte, diese Worte und Sätze für dein eigenes Leben öffnen?

Würdest du dir das jetzt in diesem Moment erlauben?

Ich kann dir aus eigener Erfahrung sagen, dass es die reine Wohltat ist, wenn wir uns, sozusagen wie in einem Vollbad, wieder unserem Leben zuwenden.

Nicht nur als Randfigur, sondern in der prallen Mitte. Als Hauptdarsteller.

Hier ist der Raum für DICH, um innezuhalten, nachzuspüren, eigene Erkenntnisse und Aha-Momente einzusammeln. Liebevoll, ohne Wertung, mit einem verständnisvollen und wertschätzenden Blick.

Was fühlt sich lebendig nach DIR an – in deinem Leben?

....

....

....

Wo bist du in deiner Kraft, in deiner Mitte, in deiner Fülle?

....

....

....

Wo fühlst du dich nicht richtig – nicht am richtigen Platz in deinem Leben?

....

....

....

Was verschiebst du oft auf später – und warum?

....

....

....

Wenn du jetzt deinem Leben einen Brief schreiben würdest, welche Worte und Sätze schenkst du dir und deinem Leben?

....

....

Vertraue auf Ebbe und Flut

Die Enttäuschung stand mir wohl ins Gesicht geschrieben. Mein Mann sah mich an und musste laut lachen. Doch ich fand das gar nicht witzig.

Jetzt waren wir fast 800 Kilometer gefahren und nun das. Meine ganze Freude war dahin. Ich wollte das Geräusch der Wellen, die an den Strand klatschten, hören. Ich wollte das Wasser in seinen unterschiedlichen Farben sehen. Die unendliche Weite des Meeres genießen. Wie konnte das Meer mir das antun?

Was war geschehen?

Die unendliche Weite war ja da – nur es war Ebbe. Also keine Wellen und kein Wasser. Dabei sehnte ich mich so sehr nach dieser prallen Fülle. Ich hatte es schon oft bemerkt und jedes Mal als unendlich wohltuend empfunden. Ganz egal, in welcher Stimmung ich dem Meer, der Flut entgegentrat – bereits nach wenigen Schritten am Strand entlang fühlte ich mich wie gereinigt. Eine seltsame Klärung meiner Gedanken und Gefühle war das. So rasch, so leicht. Als würden das Wasser, die Wellen alles mitnehmen und mir das zurückgeben, was wirklich Bestand hat. Das Wesentliche.

Nun gut – ich wusste es ja eigentlich. Wir – als langjährige Fans der Nordseeküste – wussten aus vielen Aufenthalten hier, dass Ebbe und Flut sich abwechseln. Und doch war da meine Sehnsucht. Ich wollte nicht diese Stille der Ebbe. Es wirkte auf mich in diesem Moment so leer, so uninteressant, so nichtssagend.

Wut, Trauer … ich fühlte mich ausgeliefert. Denn ändern konnte ich es ja nicht.

In diesem Augenblick wurde mir etwas bewusst. Ich stellte mir die Frage: Was bedeutet eigentlich Ebbe für mich?

Ebbe nimmt mich raus aus meinem hohen Wellengang und stellt mich hinein in eine Stille. Vielleicht auch im ersten Moment in ein Nichts, eine Leere, eine Weite ohne besonderen Sinn. In eine Art Langweiligkeit.

Doch beim genaueren Wahrnehmen ist die Ebbe voller Geschenke.

Die Ebbe ist nicht nichtssagend, langweilig, sie ist nicht leer. Sie ist still, das stimmt. Und doch sind da feine Geräusche in dieser Stille. Da ein Blubbern, dort ein sachtes, feines Plätschern, ein zartes Zwitschern, Fiepen, ein Rascheln.

Es gibt sehr viel Leben in der Ebbe, ich kann auf einmal ganz viel wahrnehmen in dieser Stille. Wenn ich mich darauf einlasse. Wenn ich einen oder gar mehrere Gänge runterfahre und barfuß durch das Watt wandere. Langsam, bedächtig, nichts muss – alles kann. Auch das ist Fülle, in einer leisen Art. Ich saß später noch lange im Gras am Deich und blickte hinaus in die ewige Weite. Und da spürte ich das Leben auch in der Abwesenheit vom Meer, der Flut. In der Stille vom Watt, der Ebbe konnte ich das Leben sehen, fühlen, riechen.

Ich bin erstaunt – es tat mir so gut.

Ich bin froh, dass ich mich öffnen konnte und vertraut habe.

Ich fühle mich beschenkt.

Der Wechsel

Ich bin wieder am Strand. Und jetzt ist alles ganz anders. Laut, umtriebig, prall, die Fülle.

Das Wasser – die Flut ist da.

Ich sitze auf einer schmalen Steinbrücke, die mitten hinein ins Meer führt. Und es ist da, das Meer. Links und rechts von mir. Die Flut drückt herein mit ihrer ganzen ursprünglichen Kraft. Die Wellen peitschen immer stärker gegen die Steine, auf denen ich sitze. Die ganz vorn sind schon völlig überspült. Die Sonne streichelt und wärmt meine Haut. Der Wind zerzaust meine Haare.

All das ist für mich eine unbeschreibliche Liebeserklärung der Natur.

Manchmal ist das Meer so richtig rau, die Wellen hoch, ungestüm. Sie werden vom starken Wind an den Strand getrieben. Dort klatschen sie laut auf die Steine. Bei hohem Seegang überspült das Wasser manche Stellen am Strand. Da, wo wir kurz vorher noch standen, spazieren gingen, ist jetzt nur noch Wasser. Dort, wo wir im Watt gewandert sind – nur noch Wasser. Faszinierend.

Alles ist im Fluss.

Es gibt keine Frage, ob die Wellen kommen oder nicht. Sie sind einfach da. In ihrem Rhythmus, im Zusammenspiel mit dem Wind. Sie kommen und gehen.

Das Meer ist in seiner Kraft und seiner Bedingungslosigkeit sehr stark. Für mich ist in dieser Kraft ganz deutlich ein JA spürbar. JA zum Leben – ohne Wenn und Aber, ohne „vielleicht" oder „eventuell". Oder „wenn ich irgendwann einmal Zeit dafür habe". Ein JA, ohne auch nur einmal zu zögern.

Dieses JA zu mir spüre ich hier auch sehr stark und ich will es mit jeder Welle, die hier ankommt, an dich weiterreichen. Sag ja zu dir und zu deinem Leben. Du bist es wert!

Die Gezeiten – Vertraue in Ebbe und Flut.

Es wird immer wieder mal einen Wechsel geben von Ebbe und Flut. Doch das bedeutet letztendlich, dass du lebst und das ist es doch, was wir wollen.

Spürst du dein Leben? Vertraust du deinem Leben?

Wenn du dich für dein Leben und somit auch für dich entscheidest, dann wirst du Höhen und Täler haben. Ebbe und Flut. Aber du erkennst, dass es auch in den Tälern und bei Ebbe unbeschreiblich schön und erfüllend sein kann.

Ja konnte ich dazu sagen. Freude war da – auf einmal. Die Bereitschaft in mir, in meinem Leben das Schöne, das Tiefe zu sehen.

Denn auch das hat mich der Wechsel von Ebbe und Flut gelehrt: Die Flut mag zwar alles überspülen und die Wellen hochschlagen lassen, doch dann, wenn es wieder Zeit für die Ebbe ist, dann ist immer noch alles vorhanden. Aus den unendlichen Tiefen der Flut wird auch die Tiefe der Ebbe wieder aufs Neue geboren. Und bei jeder Ebbe offenbaren sich immer auch neue Schätze.

Diese Einladung möchte ich heute an dich weitergeben:

Vertraue in deine eigene Ebbe und in deine Flut. Vertraue in den Wechsel.

Finde in dir auch diese Tiefe, deine Tiefe und deine Schätze. Ich weiß, dass du sie in dir trägst. Weißt du es auch? Bist du bereit, sie anzunehmen? In den Höhen, den Tälern, bei Flut und bei Ebbe?

Ich bin es mehr denn je.

Der Raum hinter den Gedanken

Es rattert und rattert und hat kein Ende. Eins kommt zu anderen. Ich frage mich: Wo war der Anfang? Habe ich es gar nicht mitbekommen?

Ich würde gerne anhalten, etwas dazwischenklemmen, wie ein Keil, damit ich Ruhe habe. Ruhe vor meinen Gedanken.

Den Raum dahinter öffnen.

Ich weiß, dass es diesen Raum gibt. Woher? Keine Ahnung. Das habe ich immer schon gewusst. In diesen stillen Zeiten mit mir alleine – Momenten, in denen ich mich kurz selbst gefunden habe.

Dann wieder verloren. Im Getriebe der Umtriebigkeit.

Damals war es genauso. Wann dieses „Damals" war? Es erscheint mir selbst wie aus einem anderen Leben, und doch bin ich in diesem Damals auch zu Hause. Denn es hat mich zur der gemacht, die ich heute bin. Doch der Reihe nach.

Damals.

Ein Mädchen, das gerade in die Pubertät eingetaucht und mit sich und ihrem Körper nicht mehr im Einklang ist. Ich vergleiche mich mit anderen und kann doch nur verlieren. So ist meine Wahrnehmung. Nicht mehr gut genug.

Neugierig auf das Leben, sehne ich mich so manches Mal zurück in die Kindheit. Da war noch alles in Ordnung. Alles erschien so leicht. So klar. Die Welt stand mir offen. Ich war bereit.

Und jetzt?

Verloren in dem Bemühen, es allen recht zu machen. Richtig zu sein. Irgendwann hat es begonnen. Ich habe meine zauberhafte Unbefangenheit der Kindheit eingetauscht gegen das scheinbare Wissen, wie etwas zu sein hat. Das Wissen der anderen. Die Meinung der anderen habe ich über meine eigene gestellt. Zumindest vordergründig. Tief in meinem Inneren war eine große Rebellion im Gang. Es war ein einziger Kampf, den ich voller Leidenschaft führte und dennoch oft verlor.

Ich verlor diesen Kampf wohl auch deshalb, weil ich gefallen und ein Teil der Gemeinschaft sein wollte. Ob in der Schule, in der Freizeit, in der Familie – bei meinen Freunden. Gruppenzugehörigkeit spielte eine große Rolle für mich und doch stand ich oft an Rande.

Die tiefe Sehnsucht, den eigenen Platz zu finden, spürte ich. Und doch war da immer wieder eine Zurückweisung. Noch wusste ich nicht, dass ich mich selbst immer wieder zurückweise.

Die Flügel sind gestutzt.

Vor allem seit dieser Diagnose. Dieser Moment hat mein ganzes Leben verändert. Wie ein Paukenschlag. In dem Augenblick, als der Arzt die Worte ausgesprochen hatte. Davor war immer noch ein Hoffen. Doch jetzt wurde es zur Gewissheit. Die Untersuchung brachte es unauslöschlich ans Licht – Epilepsie.

Meine Mutter weinte und ich – das Mädchen – sprach ihr Trost zu. Ich wollte, ich musste jetzt stark sein. Wieder rebellierte ich tief in meinem Inneren. Das konnte und durfte nicht sein und ich wollte mich nicht unterkriegen lassen.

Wie sehr sich mein Leben dadurch verändern sollte, konnte ich damals noch nicht ermessen.

Den Raum dahinter öffnen.

Viele Gedanken wurden gedacht seit damals – viele Fragen gestellt – viele Einschränkungen und Verbote ausgesprochen.

Du musst jetzt vorsichtig sein. Es ist nicht mehr alles für dich möglich.

Das Netz wollte sich immer enger ziehen. Doch mein Körper hat mich etwas anderes gelehrt. Er hat mich mitgenommen auf eine Reise zu mir selbst. Er hat mir den Raum hinter den Gedanken gezeigt.

Gedanken, die mir keine frische Welt präsentieren konnten, sondern nur alte Geschichten. Alte, verbrauchte Geschichten, die mich in meiner Entfaltung eingeschränkt haben.

Da gibt es nichts Großartiges zu entfalten.

Doch, gibt es. Ich habe es immer gewusst. Alles hat einen Sinn. Und wenn ich mich schon zu manchen Zeiten aus meinem Körper rausgebeamt habe, dann wollte ich zumindest wissen, warum.

Warum war es für mich so schwer, auf Dauer hier zu sein? Wenn ich heute so zurückblicke, dann weiß ich, dass ich nur kurz JA zu meinem Leben gesagt habe. Dann war ich wie auf einer Zwischenstufe. Nicht ganz hier und auch nicht ganz dort.

Immer wie auf dem Absprung.

Viele Jahre ging das so. Immer dann – wenn ich das Gefühl hatte, das Netz zieht sich zusammen, alles wird mir zu viel, zu eng, dann habe ich die Reißleine gezogen.

Mein Körper hat reagiert. Er hat mir eine Lösung angeboten, herauszutreten und für einen Moment durchzuatmen. Nicht da sein müssen. Beständig da sein. In diesem – wie mir schien, anstrengenden und harten Leben.

Doch war es das wert?

Mit der Zeit lernte ich mich immer besser kennen. Die Entscheidung, genau hinzusehen und zu verstehen, war wohl eine der besten in meinem Leben.

Der Raum hinter den Gedanken

Mit meinem Verstand hätte ich die große Chance, die in dieser Diagnose lag, wohl niemals erkannt. Ich hätte mich mit Vorschriften und Verboten begnügt und niemals wirklich dahinter geschaut. Ich hätte es als eine Krankheit akzeptiert und meinem Körper nicht die Möglichkeit gegeben, mir seine Wahrheit zu offenbaren.

Das Leben – mein Leben – hatte jedoch einen anderen Plan mit mir. Es führte mich immer zu den richtigen Personen. Mein späterer Arzt, ein Mutmacher hoch zehn, der mich in allen meinen Schritten und Entscheidungen bestärkt hat. Mein Mann, der mit seinen feinen Antennen sehr genau gespürt hat, dass das keine Krankheit, sondern eine Einladung für Wachstum und Entwicklung ist.

Ich wäre heute tatsächlich nicht die, die ich bin, hätte ich dieses Geschenk nicht ausgepackt. Denn als das hat es sich im Nachhinein erwiesen.

Nach und nach konnte ich vertrauen. Mir selbst, meinen Wahrnehmungen, und ich lernte mich neu kennen.

Ich habe Entscheidungen getroffen. Sie wurden nicht von allen für gut befunden, doch es waren meine Entscheidungen. Sie haben mich stark gemacht und mein Leben bereichert.

Immer wieder habe ich für mich selbst den Raum hinter den Gedanken geöffnet. Hauptsächlich dann, wenn ich mich im Karussell von „Halt, stopp, das geht für dich nicht, weil, das kannst du nicht" – verfangen habe.

Oft konnte ich dann sehen, dass ich mir in diesen Momenten selbst die Flügel gestutzt habe.

Es war und ist ein Prozess. Heute kann ich sagen, dass ich nicht weiß, ob ich diese Krankheit noch habe oder nicht. Aber es ist mir auch nicht wichtig.

Ich bin frei – innerlich frei.

Ich bin jetzt die, die ich bin und ich bin gerne hier.

Meine Aufgabe habe ich angenommen und meinen Platz eingenommen. Und so möchte ich dich ermutigen, deine Aufgabe hier in deinem Leben anzunehmen. Dir auch den Raum hinter den Gedanken zu öffnen. Es lohnt sich so sehr.

Sei wachsam – immer dann, wenn dir jemand sagt, warum für dich etwas nicht möglich ist.

Sei achtsam – mit dir selbst, und lerne dich jeden Tag noch besser kennen.

Vertraue dich deinem Leben an, denn es ist niemals gegen dich.

Das war für mich die wohl größte Hürde, die ich zu nehmen hatte. Das Leben ist für mich. Immer. Denn sonst würde es sich anders zeigen. Als ich das begriffen hatte, wirklich mit meinem ganzen Sein verstanden, hat sich meine Einstellung total verändert. Ich habe gesehen, dass mein Leben ein Spiegel von meinem Inneren ist. Ich gestalte von innen nach außen. Und das tue ich heute bewusst.

Verantwortung übernehmen heißt das Zauberwort. So ist es. Ich bin kein Opfer irgendwelcher Umstände oder habe halt die A-Karte gezogen. Nein, alles in meinem Leben ist eine Chance, mich noch mehr zu erkennen.

Aufzuwachen und mich zu erinnern, dass ich so viel mehr bin als mein Körper.

Dann kann mein Körper entspannen und mir ein wertvoller Gefährte sein.

Mein Leben – ich liebe dich.

Jetzt bin ich DA – ich habe mich entschieden.

Für DICH und deinen Raum hinter den Gedanken

Jetzt möchte ich dich einladen, nur für diesen einen Augenblick, um diesen Raum hinter den Gedanken zu erkunden.

Was wäre, wenn jeder Gedanke in seiner ursprünglichsten Form göttlich ist? REIN – unverfälscht – pur.

Erlaube dir, die Lücke zwischen deinen Gedanken – deinem immerwährenden Gedankenstrom – wahrzunehmen. Wie du das machst? Du stellst dir eine Frage:

Was denke ich JETZT?

Schon öffnet sich eine wohltuende Leere. Kein Gedanke ist sofort nach dieser Frage da. Überprüfe es für dich selbst. Glaube mir nichts. Finde deine eigenen Aha-Momente.

Wende diese Frage in der kommenden Zeit immer wieder an, wenn du in Herausforderungen deines Lebens merkst, dass dir alles zu eng ist. Dass du dir eine neue Sichtweise wünschst.

Du wirst in der Leere immer dein wahres SEIN wiederentdecken. Das bietet dir Antworten und Möglichkeiten im Raum hinter den Gedanken.

Welche Gedanken sind dir sehr vertraut – wiederholen sich oft?

....

....

....

Welche Geschichten, was geht oder geht nicht in deinem Leben, basieren auf diesen Gedanken?

....

....

....

Was lässt dich vielleicht noch an diesen Gedanken/Geschichten festhalten?

....

....

....

Was wärst du ohne diese Gedanken – stelle dir diese Frage immer wieder und lausche der Antwort.

....

....

....

Was, wenn du dich JETZT dem Augenblick, dem Leben anvertrauen kannst, was würde das für dich verändern?

....

....

Gelassenheit – gehen lassen

Die Gelassenheit malt in mir ein Bild von einem ruhigen Bergsee. Klar, tief und in seiner Stille empfängt er mich. Wie nicht von dieser Welt – unberührt und doch ein Teil der mächtigen Natur. Ich möchte dort stehen, hineinblicken, mich berühren lassen und ja – vielleicht will ich auch gerade jetzt ganz in echt dort eintauchen. Körperlich. Mich darin spüren. Es muss wundervoll sein, sich in dieser Unberührtheit berühren zu lassen.

Doch da ist ganz plötzlich der Gedanke daran, dass so ein Bergsee kalt sein könnte. Er lässt mich erschaudern. Ich ziehe mich zusammen, zurück, nehme Abstand.

Das Bild – mein inneres Bild zerfließt.

Wieder einmal ist sie weg – die Gelassenheit.

Ich sehne mich nach dir. Im Trubel der Gezeiten des Alltags ist es mein großer Wunsch. Ich stelle es mir wie einen Rettungsanker vor. Daran kann ich mich festhalten. Nur – manchmal bin ich auf der Suche nach diesem Anker und er scheint nicht da zu sein. Oder ich sehe ihn nicht. Er ist verborgen.

Gelassenheit – sag mir, was jetzt für mich wichtig ist.

Es muss doch diesen einen Weg geben, um dich zu finden, um dir ganz nahe zu sein, in dir geborgen und gehalten.

Gelassenheit bedeutet immer auch, dass wir etwas lassen dürfen – gehen lassen oder da sein lassen. Ohne es verändern zu müssen. Sie hat viele Gesichter – die Gelassenheit.

Sie offenbart sich jedoch immer aus einem friedvollen Gefühl heraus. Dieser Einladung, diesem Gefühl können wir folgen. Es reicht uns die Hand.

Gelassenheit.

Wann können wir etwas gehen lassen? Etwas, das uns sehr beschäftigt. Etwas, das uns bereits seit langer Zeit begleitet, umtreibt, antreibt. Weiter – weiter.

Wie können wir etwas sein lassen, da sein lassen, so wie es ist – ohne unsere Ansicht, wie es zu sein hat?

Gelassenheit.

Ich beschäftige mich mit ihr. Was für ein Trugschluss. Soll ich mich etwa daran abarbeiten – an der Gelassenheit? Ich beschäftige mich … was, wenn ich genau das jetzt gehen lassen darf?

Hingabe, Aufgabe.

Da fällt mir wieder mein Körper ein. Will er mir jetzt auch die friedvolle Hand reichen? Sehnt er sich auch nach diesem friedvollen Gefühl? Endlich Ruhe geben. Durchatmen und lassen. Sein lassen.

Ich nehme die Unterstützung von meinem Körper an. Es tut mir gut, in meinen Körper zu sinken, ganz dort zu Hause zu sein und alles andere gehen zu lassen.

Jetzt, in diesem Moment, tut es mir gut. Mein Körper ist weise. Er zeigt mir rasch den Weg. Er ist warm, nimmt mich auf und mit.

Ist das die Gelassenheit, die ich suche?

Warum sollte ich mir diese Frage überhaupt stellen – wenn doch jetzt im Moment alles gut, alles still, alles zufrieden ist?

Ich stelle sie trotzdem, weil mein Verstand noch ein wenig Futter haben möchte. Ja, so ist er. Er ist sehr rege. Er will immer verstehen und natürlich will er mitreden. Er mag so gerne seinen Senf dazugeben.

Zurück – mein Anker jetzt – die Gelassenheit.

Ich hole mich wieder in meinen Körper zurück. Das erfordert meine ganze Aufmerksamkeit, und das ist gut so. Augenblicklich wird es im

Oberstübchen leer. Wie cool. Tatsächlich. Ich kann nicht oben und unten gleichzeitig sein. Das tut so gut. Da fällt mir auf, wie oft es sich im Alltäglichen anfühlt, als würde man nur seinen Kopf bewohnen. Immer dann, wenn es rattert, rennt und hirnt.

Gehen lassen – gelassen – sein lassen.

Mein Körper nimmt mich auf. Bietet mir ein Zuhause, und ich nehme dankbar an. Mitten hinein setze ich mich. Bin ich jemals so sehr in meinem Körper zu Hause gewesen? Ich weiß es nicht. Bewohne ich ihn etwa nur teilweise? Ich weiß es nicht.

Was ich weiß: Jetzt bin ich da. In meinem Körper.

Er empfängt mich mit einer wohltuenden Ruhe. Wie eine Oase, die einfach immer da ist und wo mir die Türen immer offen stehen. Ich nutze diesen Raum, der sich mir da bietet.

Ich atme tief durch.

Es ist ruhig. Sehr ruhig. Das Bild vom Bergsee ist wieder da. Jetzt spüre ich keine Kälte mehr – jetzt ist es angenehm, wenn ich dort eintauche. In meiner Fantasie. Wie eine Einheit – ja, der See nimmt mich auf in seiner Stille und Tiefe.

Zu Beginn spüre ich die Grenzen von meinem Körper noch sehr deutlich. Es gibt mir irgendwie Halt. Doch je mehr ich mich hineinsinken lasse, umso weiter wird dieser Körperraum. So scheint mir.

Kann das sein? Was darf ich gehen lassen und sein lassen, damit mich meine Gelassenheit vollumfänglich erreichen kann?

Die Grenzen verschwimmen. Da ist nichts mehr, was ich begrenzen muss. Es darf sein.

Es ist gut – ich kann es zulassen – muss nichts mehr kontrollieren.

Ich kann den Frieden in mir und aus mir empfangen. Gelassen. Danke – ich danke meinem Körper für diese Erfahrung. Und ich weiß – kann ich doch jederzeit so tief anwesend sein in ihm – in mir – bei mir. Ich habe die Wahl – immer.

Und jetzt wähle ich die Gelassenheit.

Schenke dir die Liebe deiner Seele

Nimmst du die Energien wahr?

Wie sie wirbeln und oft alles durcheinanderbringen?

Wo findest du dann deinen Halt?

Was schenkt dir Geborgenheit?

Es ist die Liebe deiner Seele, die zutiefst wärmende Liebe.

Dann erst findest du deinen Zugang zu den Energien, die dich wirklich nähren.

So kannst du ihre Kraft genießen.

Und auf deine Weise liebevoll und kreativ ausdrücken.

Vertraue dich deinen Träumen an

Es gibt sie, diese Zeiten, in denen du größere Träume hast. Sie wehen in dein Leben, berühren dich bei Tag und Nacht. Sie erinnern dich an etwas, das du nicht greifen kannst. Obwohl sie in den schillerndsten Farben erscheinen, lebendig und bunt, so verblassen sie doch wieder im Geschehen deines Alltags.

Festhalten funktioniert auch nicht. Wie sollten wir diese Träume auch festhalten, deren Größe uns selbst so klein zurücklässt?

Erika stellte ihre Tasse mit Kaffee zurück auf den Küchentisch. Irgendwie schmeckte er heute schal und bitter. Er gab ihr nicht wie sonst diesen Kick am Morgen und die Lust auf mehr. Überhaupt war heute alles anders.

Sie, die normalerweise immer Probleme hatte, wach zu werden, sich gerne nochmals in die Bettdecke einkuschelte, war an diesem Morgen schon zwei Stunden früher hellwach.

Keine Chance mehr auf Einschlafen. Ihr Körper hörte nicht auf ihre Bitte, sich wieder zu entspannen und müde zu werden und ihr Verstand schon gar nicht. Alles war hellwach und in voller Bereitschaft für den Tag. Zögerlich verließ sie das warme Bett und blickte aus dem Schlafzimmerfenster.

Es war noch nicht ganz hell, aber auch nicht mehr tiefe Dunkelheit. Die Dämmerung berührte sie und versetzte sie in ein Gefühl von Geborgenheit und Erwachen gleichzeitig. Eine interessante Mischung, dachte sie, als sie das bemerkte. Sie fühlte sich ein wenig wie zwischen den Welten. Nacht und Tag – hell und dunkel – sichtbar und unsichtbar.

Spiegelte sich das nicht gerade auch in ihrem Leben wider?

Erika fühlte sich wirklich wie zwischen zwei Welten. Auf der einen Seite war da dieser Traum, der immer wieder bei ihr anklopfte. Sie konnte ihn einfach nicht mehr ignorieren. Es ist manchmal komisch mit den Träumen, dachte Erika. Und ihre Gedanken gingen zurück, zu dem Zeitpunkt, als der Traum das erste Mal so klar sichtbar gewesen war. Wie hatte sie sich da gefreut. Was für ein Glücksgefühl. Gerade so, als hätte sie sich frisch verliebt. Es fühlte sich so richtig an. Alles kribbelte. Ja wirklich, sogar ihr Körper konnte anscheinend diesen Traum spüren.

Erika musste lächeln bei dieser Erinnerung. Doch dann, – einige Zeit später, hatte sie rasch gemerkt, wie unsinnig das alles war. Es war einfach nicht zu verwirklichen. Viel zu groß, viel zu utopisch. Nichts für sie.

Doch Träume geben nicht so rasch auf.

Erika, die heute einen freien Tag hatte, wollte nicht die ganze Zeit in der Wohnung verbringen. Wenn der Urlaubstag unerwarteterweise schon so früh begann, dann nichts wie raus.

Sie liebte lange Spaziergänge in der Natur. Rasch nahm sie ihren kleinen Rucksack, packte das Nötigste hinein und schon konnte es losgehen. Das ausgiebige Frühstück, das sie für heute zu Hause geplant hatte, musste ausfallen. Sie würde sich unterwegs beim Bäcker etwas besorgen.

Als sie vor die Haustüre trat, empfing sie der frühe Morgen mit einem herrlichen Duft. Ganz frisch, noch etwas kühl, aber genau so liebte sie es. Der Tag wartete darauf, von ihr gelebt zu werden.

Sie wusste auch sofort, welchen Weg sie einschlagen würde. Der nahe Wald rief sie und dort hatte sie einen Lieblingsplatz. Eine Bank mit einem tollen Ausblick in das gegenüberliegende Tal. Dort würde sie ihr Frühstück einnehmen und dann überlegen, wie die Wanderung weitergehen sollte.

Erika lief los, und nach einem kurzen Zwischenstopp beim Bäcker erreichte sie bereits den Wald. Ein Mischwald, der in dieser Jahreszeit seine Blätter in herbstliche Farben tauchte. Ihr Herz ging auf bei diesem Anblick. Sie kannte den Weg zur Bank genau. Viele Male war sie ihn schon gegangen. Am liebsten wäre sie gehüpft und gesprungen wie ein kleines Mädchen. Jetzt noch eine Biegung und dann war es so weit. Doch was war das?

Erika traute ihren Augen nicht. Da war zwar ihre Bank, doch sie war belegt. Ein Mann saß dort.

Nein, das konnte doch nicht sein. So früh am Morgen. Sie spürte, wie sie zuerst richtig enttäuscht war und dann eine Wut bekam. Warum saß der da? Ausgerechnet jetzt.

Erika überlegte kurz. Dann fasste sie den energischen Entschluss, dass sie sich nicht davon abbringen lassen würde, ihr Frühstück auf der Bank einzunehmen. Also lief sie direkt auf die Bank zu.

Der Mann blickte hoch und schaute Erika entgegen.

Dieser offene, aber sehr direkte Blick ließ Erika nun doch etwas zögern. Sollte sie wirklich Platz nehmen, sollte sie sich einfach dazu setzen?

In diesem Moment sagte der Mann: „Na klar, was gibt es da zu überlegen? Ich habe gerne Gesellschaft. Setz dich ruhig auf deine Bank. Sie erwartet dich bereits."

Erika starrte den Mann fassungslos an. Was zum Geier hatte er gerade gesagt? Hatte sie etwa laut überlegt, oder wie sonst sollte er ihre Gedanken kennen? Und warum sprach er sie in einer so vertrauten Art und Weise an? Sie kannte ihn doch überhaupt nicht.

Sie zögerte.

Der Mann lächelte Erika an und machte mit seinem Arm eine einladende Bewegung. „Ich freue mich wirklich sehr, wenn du dich zu mir setzt. Es ist ein so schöner Morgen, lass ihn uns gemeinsam beginnen."

Dieser Blick, dieses Lächeln erinnerte Erika an etwas. Sie hatte keine Ahnung, an was, doch alles daran war eine warme und herzliche Einladung. Und obwohl dieser Mann vollkommen fremd erschien, setzte sie sich zu ihm auf die Bank. Sie stellte ihren Rucksack an die Seite zu ihren Füßen.

„Ich sollte dir vielleicht meinen Namen nennen – ich bin David."

Erika wusste kurz nicht, was sie sagen sollte. Doch dann brach es aus ihr heraus: „Ich bin Erika. Aber warum tust du so, als ob du mich kennen würdest? Das verstehe ich nicht."

David blickte für einen Moment in die Ferne und drehte sich dann zu ihr. „Erika, ich verstehe deine Verwirrung und ich möchte dir eine Frage stellen: Fühlst du dich jetzt wohl? Jetzt – hier in meiner Gesellschaft?"

Erika senkte kurz den Kopf und meinte dann: „Ja klar fühl ich mich wohl. Und das ist ja das Komische daran. Ich kann es einfach nicht erklären, warum ich mich überhaupt zu dir gesetzt habe und warum ich mich so gut fühle. Warum ist das so? Und das Allerbeste: Du bist mir vertraut – wie du sprichst, wie du mich anschaust. Ich verstehe das nicht."

So brach es aus ihr heraus und sie schaute ihn fragend an.

David blickte ruhig zurück und meinte dann: „Da gibt es nichts zu erklären. Suche nicht nach Antworten, sondern genieße einfach unser Zusammensein. Lass dich darauf ein und vertraue. Vertraue dir und mir. Dann ist alles gut."

Erika musste unwillkürlich lächeln. Sie entspannte sich merklich und fing an, diese Begegnung tatsächlich zu genießen.

So leicht kann es sein.

„Weißt du, ich habe heute einen freien Tag und das hier", sie zeigte auf die Bank, „ist mein Lieblingsplatz. Hier wollte ich den Tag beginnen und mir über einiges klar werden."

„Ja," erwiderte David, „manchmal braucht es Klarheit."

Erika spürte, dass er nicht fragen wollte. Ach, wahrscheinlich wusste er eh schon wieder, warum sie sich nach Klarheit sehnte. Vielleicht war er ja ein Gedankenleser – wer weiß das schon.

„Weißt du, seit einiger Zeit habe ich einen Traum, der immer wieder kommt. Und dieser Traum zeigt mir eine ganz andere Erika. Zuerst war ich so begeistert von diesem Traum. Es war fast, als ob er schon wahr wäre. Ich konnte mich darin sehen, mich spüren, und alles hat sich so richtig angefühlt. Aber dieser Traum macht mir halt auch Angst. Denn er ist so – ja, wie soll ich sagen – er ist so riesig. Er würde mein ganzes Leben auf den

Kopf stellen, wenn ich ihn noch mehr hereinließe. Deshalb schließe ich ganz rasch immer wieder die Türe und schaue ihn mir nur ganz kurz an. Immer wieder zwar, aber nur kurz."

Die letzten Worte klangen traurig.

David hatte aufmerksam zugehört. „Erika, weißt du denn, dass Träume nicht einfach so zu dir kommen? Ganz besonders, wenn sie dich so erinnern?"

„Was meinst du mit ‚erinnern'?"

„Nun, wenn ein Traum so groß ist und dein ganzes System – so nenne ich es jetzt einfach mal – so sehr darauf reagiert, dann ist das die pure Erinnerung. Alles in dir erinnert sich, dass in deinem Leben etwas auf dich wartet. Etwas, das momentan nur in deinem Traum zu dir Zugang hat. Etwas, das in diesem Moment sogar deinen Verstand überlistet. Denn sonst würdest du den Traum gar nicht wahrnehmen. Denn diese Träume kommen nicht nur in der Nacht, sie kommen auch mitten am Tag zu dir.

Immer wenn so ein Traum auftaucht, der dich bis in die kleinste Zelle berührt, dann ist er auf einer anderen Ebene bereits Wirklichkeit. Dein Traum zeigt dir, was noch alles möglich ist. Wenn du dir erlaubst, deine Türen zu öffnen."

Erika hatte auf einmal so viele Fragen: „David, dieser Traum zeigt mich als Frau in einem anderen Umfeld, in einer anderen Tätigkeit. Es ist wie ein anderes Leben. Ich kann doch nicht mein altes Leben einfach wegwerfen und einem Traum nachrennen."

„Ich weiß, Erika. Ich kenne deinen Traum – ich kenne die Träume von so vielen Menschen. Ich weiß aber auch, dass sehr viele Menschen ihren Träumen nicht vertrauen. Sie verbannen sie ins Reich der Illusionen. Doch was wäre, wenn es genau andersherum ist? Wenn die Menschen in ihren Illusionen Tag für Tag festhängen und meinen, das sei die Wirklichkeit, das sei das Leben, das gelebt werden muss? Was wäre, wenn da noch eine viel tiefere Wirklichkeit und Wahrheit auf sie wartet, als sie es jemals für möglich halten? Meinst du, sie würden dann anders entscheiden und ihren Träumen eine Chance geben? Würdest du dich anders entscheiden, Erika?"

Er blickte sie liebevoll an.

Erika versuchte, seine Worte zu begreifen, doch sie konnte es nicht verstehen. Nicht mit ihrem Verstand. Aber ihr Herz hatte schon längst verstanden, denn auf einmal weinte sie. Völlig überfordert, wandte sie ihr Gesicht ab und versuchte, die Tränen wegzuwischen.

„Schau mich an, Erika. Ich sehe deine Tränen, ich sehe deinen Schmerz und deine Ängste. Aber ich sehe auch DICH in der Tiefe deines Seins. Das ist deshalb möglich, weil du hier in unserer Begegnung dein Herz öffnest. Manchmal braucht es einen Menschen, der in deinem Herzen und in deiner Seele lesen kann. Dafür bin ich jetzt da. Du musst nichts verbergen. Nicht vor mir und nicht vor dir. Die Zeit ist reif."

Erika wusste es. Sie wusste es und sie drehte sich wieder zu ihm um. Mit einem weichen Blick schaute sie ihn an. Still. Sie war bereit.

„Das ist gut – du bist bereit. Dein Traum berührt dich wie zwischen zwei Welten. Er zeigt dir eine neue Wirklichkeit und du stehst in dieser Lücke. Auf der einen Seite dein Leben, so wie es jetzt ist, auf der anderen Seite der Traum. Du springst hin und her. Es fordert dich immer mehr heraus, dein altes Leben weiterhin so zu leben wie bisher. Denn du hast etwas gesehen. Du hast dich erinnert. Du hast einen Ausblick erhalten auf die Möglichkeiten, die für dich bereitstehen. Jetzt versuchst du, diesen weiten Ausblick der unbegrenzten Möglichkeiten, die dein Traum beinhaltet, in dein altes Leben einzuordnen. Du versuchst dir mit deinem Verstand vorzustellen, ob dieser Traum überhaupt gelingen kann, in der Wirklichkeit. Du merkst, dass das nicht funktioniert und dich jedes Mal unzufriedener zurücklässt.

Du darfst springen, Erika. Raus aus der Lücke und rein in deinen Traum. Schließe für einen Moment deine Augen und springe in deiner Vorstellung – jetzt. Komm an in deinem Traum. Erinnere dich. Er ist jetzt für diesen einen Augenblick deine Wirklichkeit. Atme diese Wirklichkeit in dich ein. In jede Zelle deines Körpers – spüre dich lebendig in deinem Traum. Bewege dich in ihm, als ob du noch nie etwas anderes getan hättest. Genieße dich in deinem Traum."

Und dann sagte David einen Satz, der Erika in der absoluten Tiefe ihres Seins berührte – so sehr, so absolut und gleichzeitig so radikal. So eine Berührung, so eine Erinnerung hatte sie noch nie zuvor erfahren.

„Erika, du hast immer die Wahl – immer. Du darfst dich entscheiden, ob du für deine wahre Größe, deine Freiheit und deine Träume gehst, oder ob du deiner Angst folgst und in deinen gewohnten Bahnen verharrst.

Wenn du die Angst als Türöffner nimmst und eine neue Wahl triffst, dann erkennst du dich selbst. In deinem wahren Selbst bist du immer richtig. Du bist zu jedem Zeitpunkt deines Seins richtig, in der Fülle und unendlich geliebt."

David und Erika blickten einander in die Augen, aber in Wahrheit blickten sie tief in ihre Herzen und in ihre Seelen. Jeder erkannte die Essenz im anderen. In solchen Momenten ist es möglich, dass sich die Türen zu unseren Träumen weit öffnen und wir genau wissen, was unsere Wahrheit ist und wofür wir uns entscheiden. Wir geben uns selbst die Erlaubnis, uns aufzurichten zu unserer vollen Größe und unseren Platz einzunehmen. So wie Erika in ihrem Traum.

Jeglicher Zweifel ist verflogen und wir ruhen tief und wohlig genährt in unserem Urvertrauen.

Erika erkannte, dass dieser Traum, dieser so riesig große Traum, bereits seinen Abdruck in ihrem Leben hinterlassen hatte. Das hatte sie sehr deutlich wahrgenommen, in diesem Augenblick, als sie hineingesprungen war. David hatte ihr diese Erfahrung ermöglicht, doch letztendlich war es ihre Wahl.

Und sie erkannte noch etwas: Es ist tatsächlich immer unsere Wahl. Bei allem, was wir in unserem Leben sehen. Wir wählen – immer. Bewusst oder unbewusst.

David nickte Erika zu: „Ja, du hast verstanden. Dein Traum ist bereits da. Er ist aus dem weiten, unendlichen Feld der universellen Schöpfung bei dir gelandet und hat sich mit dir als die Schöpferin, die du bist, verbunden. Der energetische Abdruck ist da, die Gefühle dazu sind da und dein Körper bewegt sich darin. Dieser Traum wurde von dir in Empfang genommen, weil deine Energie auf der gleichen Frequenz schwingt.

Du weißt nun, dass du es in der Hand hast, ihn zu deiner Wirklichkeit – deiner gelebten Wirklichkeit werden zu lassen. Schritt für Schritt. Es ist ganz leicht, wenn du dich von deiner inneren Weisheit – deiner Seelen-weisheit führen lässt. Vergiss nie, Erika, du bist immer richtig, geliebt und in der Fülle. Das ist deine Uressenz.

In der kommenden Zeit wirst du aus deiner Uressenz heraus deinen Traum immer mehr ausfüllen. Das lässt dich erkennen, welche Schritte du gehen und welche Entscheidungen du treffen musst.

Doch nimm noch diesen Rat von mir mit: Egal wie du dich entscheidest, lass niemals mehr zu, dass du dich selbst kleinhältst.

Heute hat dich deine Seele berührt und du hast zugestimmt. Vergiss das nie. Wenn du deinen Traum von einem energetischen Abdruck in deine gelebte Wirklichkeit verwandelst, wirst du dich mehr und mehr lösen von alten Mustern. Du begegnest ihnen zwar, doch sie werden dich nicht auf-halten können. Du wirst sie ablegen, wie Gewänder, die dir schon längst zu eng sind. Das führt dich in eine wohltuende Freiheit. Weißt du, wenn die Menschen beginnen, ihren Träumen wieder eine Chance zu geben, dann ist jeder an seinem richtigen Platz. Denn die richtig großen Träume, die führen dich immer zu deiner wahren Aufgabe hier als Mensch. Solche Träume zeigen dich in deinem höchsten schöpferischen Wirken. Das Su-chen im Außen hat ein Ende. Du begreifst, dass du aus dir heraus im Ein-klang mit deinem Traum dein Leben, deine Wirklichkeit gestaltest. Das ist deine wahre Natur.

Die Menschen haben die Möglichkeit zu wählen. Was wäre, wenn es dir nun möglich ist, aus der Fülle deines wahren SEINS heraus zu wählen? Nimm für dich dieses Geschenk an. Wähle weise."

Erika hatte bei diesen Worten, die David zu ihr sprach, die Augen geschlossen. Ruhig saß sie da und spürte die tiefe Wahrheit und Liebe darin. Es war alles gut so wie es war. Sie ruhte tief in sich. Die Wahl war getroffen.

Ja, sie war bereit, hatte sich entschieden und öffnete nun erwartungsvoll die Augen. Der Platz auf der Bank neben ihr war leer. Sie lächelte. Alles war gut.

Für DICH und deine Träume

Es ist oft so eine Sache mit den Träumen. Manchmal berühren sie uns sofort und sehr stark. Wir fühlen eine große Freude und so ein wunderbares Kribbeln.

Und dann ... kommen sehr rasch Zweifel.

Was, wenn dieser Traum viel zu groß ist?

Was, wenn es einfach ein Hirngespinst ist und nie zu verwirklichen?

Was, wenn es bei mir sowieso nie funktioniert?

Bevor wir uns mit diesen Fragen überhaupt beschäftigen, wäre ein ganz anderer Schritt, ein verändertes Wahrnehmen sehr hilfreich.

Träume entstehen aus der Fülle unseres SEINS. Nicht zu verwechseln mit Dingen, die wir uns aus dem Gefühl des Mangels heraus wünschen. Das ist etwas ganz anderes.

Träume sind in ihrem Ursprung immer gleich. Wir machen sie mit unserer Bewertung – unseren Maßstaben erst zu etwas Großem, Unerreichbarem.

Also lade ich dich nun ein, deinen Träumen Raum zu geben und sie neu wahrzunehmen. Bist du bereit?

Dein SEIN – frei und unbegrenzt – dein weiter Raum in dir – was zeigt sich dir?

....

....

....

Fühl dich ganz frei – erlaube dir wahrzunehmen – was sind deine Träume?

....

....

....

Wie fühlen sie sich an – was denkst du darüber?

....

....

....

Wenn du alle Gedanken darüber zur Seite stellst, ablegst, welche neue Sichtweise erschließt sich dir dann?

....

....

....

Dein Traum – deine Träume, welche neuen Wege, welche neuen Bahnen bist du bereit, dir selbst zu ebnen, zu erlauben?

....

....

Vom Wunder der Liebe

Erst gestern war die Erinnerung in ihm so stark. Sie hat ihn ohne Vorankündigung überwältigt und er saß einfach da. Mit diesem Bild von ihr. Wie sie da vor ihm stand – wie aus dem Nichts.

Er war im Park unterwegs, eigentlich wie jeden Abend – noch eine Runde joggen, um den Kopf freizubekommen. Und da war sie. Mit diesem unnachahmlichen Lächeln im Gesicht. An dieses Lächeln würde er sich immer erinnern – über alle Jahre – durch alle Zeiten hindurch.

In ihren Händen hielt sie einen Ball. Sie war diesem kleinen runden Ball hinterhergerannt. Hatte ihn erreicht, hochgehoben und warf ihn nun fröhlich zu einer Gruppe Kinder, die ganz in der Nähe spielten.

Sie war einfach da. So plötzlich. Und er konnte nicht ausweichen, nicht weiterrennen – er konnte nicht einfach so weitermachen wie bisher.

Jetzt nicht mehr.

Das war der Beginn – ihr gemeinsamer Beginn.

Wie ein Traum, unausweichlich wurden sie zueinander geführt. Sie gingen miteinander und füreinander. In ihrem Leben.

Auf Dauer – für alle Zeiten – so sollte es sein. So war es geplant. Sie hatten es so geplant. Es war so wunderschön. Jeder Tag ein Geschenk. Sie schenkten sich einander jeden Tag aufs Neue.

Und das Leben? Das Leben hatte seinen eigenen Plan. Und das Leben hat nicht gefragt.

Sie fehlt ihm – jeden einzelnen Moment.

Oft – sehr oft hat er sich die Frage gestellt: Warum? Doch da war keine Antwort, die ihn zufriedenstellen konnte. Es ließ ihn nur mit noch mehr Fragen zurück.

Da war dieser Verlust, dieses Gefühl, unbedingt etwas festhalten zu wollen, was schon längst verloren war. Aber da war auch das Brauchen, fast nicht mehr überlebensfähig zu sein. Und dann dieser Zorn, diese Wut – so nicht – nicht mehr mit mir. So lasse ich mich nicht noch einmal verletzen.

Schmerz vermeiden.

Mit der Zeit hat er gelernt, das Warum loszulassen. In kleinen Schritten. Zuerst zaghaft, zögerlich. Und dann wieder mutiger.

Er hat auch gelernt, neue Fragen zu stellen. Hier ist das Leben sein bester Lehrmeister.

Sein Leben geht weiter. Sein Leben will gelebt werden. Und sein Leben kann ihm die Liebe wieder zeigen – wenn er es denn lässt.

Diese neuen Fragen haben ihm die Türen dazu geöffnet. Fragen wie: Was, wenn nichts vergänglich ist und gleichzeitig alles vergeht? Was, wenn in jedem noch so tiefen Schmerz die Wärme der Liebe anwesend ist und wie Balsam unsere Wunden berührt und heilt? Was, wenn es in uns einen Halt gibt, der uns immer wieder bei uns ankommen lässt?

Er lächelt. Da ist sie wieder – die Liebe. Und jetzt kann er sie hereinkommen lassen.

Ohne Angst.

Er weiß es genau. Schmerz – Schmerz lässt sich niemals vermeiden. Auch nicht, wenn er versucht, die Liebe zu vermeiden. Sie aus seinem Leben zu verbannen.

Er weiß es genau.

Er öffnet der Liebe alle Türen. In sich, in seinem Leben. Auf allen Ebenen.

In der wahren Liebe gibt es keinen Verlust. Es gibt auch keine unterschiedlichen Arten von Liebe.

Die Liebe ist einfach.

Die Liebe braucht nichts.

Sie verliert nichts.

Sie kann nichts festhalten.

Die Liebe ist einfach.

Sie durchdringt dich durch und durch. Sie kommt auf ganz unterschiedlichen Wegen zu dir. Doch immer öffnet sie dein Herz. Sie fordert – sie fordert deine Herzöffnung. Und wenn du sie hereinlässt, dann öffnet sie so viel mehr und schenkt sich dir voll und ganz.

Die Liebe ist einfach.

Die Liebe trägt dich immer nur zu dir. Wenn du diesen Ruf verstehst – wenn du der ganz ursprünglichen Melodie der Liebe folgst und in dir daraus dein eigenes Lied erklingt, dann bist du da.

Bei dir.

Bei der immerwährenden Liebe.

Alles, was danach kommt, ist wie das Sahnehäubchen obendrauf.

Jetzt lächelt er – er lächelt seiner Erinnerung liebevoll zu. „Danke für dieses Erleben – danke für Alles", so flüstert er.

Ich bin – also liebe ich.

Es darf SEIN

Die Liebe öffnet die Türen des Erkennens

Das SEIN – dein SEIN lädt dich ein

Es gibt keine Frage – noch eine Antwort

Die Liebe ist

Es gibt kein Suchen

Kein Vergleichen

Die Liebe ist

Neu und altbekannt

In einer unbeschreiblichen Fülle

Es darf SEIN

Liebe ist der Ursprung

Liebe ist die Schöpfung

Liebe ist das Leben

Schmerz, Verlust, Verletzung

Es darf SEIN

Die Liebe ist

Im SEIN erkennst du: Liebe ist ALLES

So auch die Heilung

Lass los und spring

Da war dieses Bild an der Wand. Sie schaute es sich so gerne an. Es zeigte zwei Felsen – in der Mitte ein Abgrund und einen Mann, der von der einen Seite auf die andere sprang. Ohne Netz und doppelten Boden – ohne zu zögern, so schien es ihr.

In ihrer Vorstellung war es so, als würde der Mann all das verkörpern, was ihr gerade fehlte. Mut, Kraft, Entschlossenheit.

Plötzlich sah sie sich selbst im Bild. Sie stand auf der einen Seite. Auf dem einen Felsen. Ganz oben. Sie wusste, dass es Zeit war. Niemand drängte sie. Nicht direkt. Und doch war der Druck fast nicht mehr auszuhalten. Es war ein innerlicher Druck. Es war dieses Gefühl, dass es einen fast zerreißt.

Trotzdem erschien es ihr unmöglich, den Sprung zu wagen. Lieber im Alten verharren, den Druck aushalten, als nicht zu wissen, wie die Landung auf der anderen Seite gelingen würde. Ob es überhaupt möglich war, auf diese Seite zu gelangen.

„Es kann gelingen."

Tatsächlich hörte sie diese Worte sehr oft. Aber sie hörte sie nicht in ihrem Kopf, sondern in ihrem Herzen. Es war mehr so ein Gefühl. Und dieses Gefühl war ein warmes, ein liebevolles, ein leichtes. Es hüllte sie ein, wie in eine schützende Hülle, und gleichzeitig öffnete es alle Türen, damit sie fliegen konnte. Frei sein – mutig sein und doch geschützt.

„Es kann gelingen."

Sie hatte sich für heute entschlossen, das Bild, das sie so oft anschaute, mitzunehmen. Mit dem Handy fotografierte sie es ab. Irgendetwas in ihr war der tiefen Überzeugung, dass das wichtig war. Jetzt war sie bereit – bereit für ihre ganz persönliche kleine Auszeit. Diese wollte sie sich gönnen. Einige Stunden nur, wenn möglich mindestens den ganz Morgen bis vielleicht in den frühen Nachmittag hinein. Dann musste sie wieder zu Hause sein, denn ihre Tochter kam von der Schule.

Doch jetzt – jetzt war das ihre Zeit.

„Es kann gelingen."

Sie blickte auf den Tisch, an dem sie gerade saß, um noch eine Tasse Kaffee zu trinken. Da lag ihr Tagebuch. Heute Morgen hatte sie schon geschrieben. Sie wusste, das Tagebuch muss heute mit. Etwas zu schreiben, eine Kleinigkeit zu essen und zu trinken. Am besten alles in ihre Lederumhängetasche verstauen und schon war sie fertig.

„Es kann gelingen."

Sie hatte keine Ahnung, wohin sie nun ihre Auszeit, ihr Weg führen würde. Doch das warme Gefühl war da. In ihrem Herzen. Sie würde geführt sein. Denn dieses ewige Hin und Her oder gar das Verharren, das Erstarren in der momentanen Situation musste ein Ende haben.

Fertig – sie trat hinaus auf den Gehweg und bog sofort nach rechts ab. Das Auto ließ sie stehen. Sie brauchte Bewegung. Fahren wollte sie nicht. Gehen. Atmen. Den Körper spüren. Da sein. Das tat ihr gut. Dem warmen Gefühl in ihr folgen.

„Es kann gelingen."

Fast hätte sie begonnen, diese Worte laut zu singen. „Es kann gelingen – kann gelingen." Ihre Schritte wurden kräftiger, größer, schneller. Es tat so gut, sich wieder so im Körper zu spüren. Der frische, leichte Morgenwind wehte ihr entgegen, ins Gesicht, durch die Haare und ließ ihre Augen klar werden.

Klarheit. Das hatte sie schon lange nicht mehr.

Rasch war sie draußen auf den Feldern. Sie ließ das Dorf, die Häuser, die Menschen hinter sich. Nach einiger Zeit blieb sie stehen und genoss die weite Rundumsicht. Das hatte sie schon immer geliebt – hier. Dieser Blick, der durch nichts verstellt wurde. Alles war frei. Alles sichtbar.

„Es kann gelingen."

Das wünschte sie sich auch für ihr Leben. Eine freie Sicht auf alles, was möglich war. Nicht diese Enge, diese Schwere. So oft fühlte es sich an, als ob sie durch die angeblich unveränderbaren Umstände wie in eine kleine Box gepresst wurde. Deckel drauf und fertig.

Doch sie war nicht dafür bestimmt, ein Leben in der kleinen Box zu verbringen. Wann würde sie den Deckel endgültig öffnen, wann den Sprung wagen?

Nach einer Weile, in der sie in den Feldern unterwegs war, verspürte sie den Drang, in Richtung Wald weiterzugehen. Na ja – ehrlich gesagt war es ein Wäldchen. Klein und anmutig schmiegte es sich direkt an den sachten Hügel. Ein kleiner Feldweg brachte sie zu den ersten Bäumen und zu einem sehr abwechslungsreichen Grün. Alles blickte ihr erwartungsvoll entgegen. Die Bäume, die Sträucher, die Farne, Moos überall. So saftig. Der Regen der letzten Tage hatte wahre Wunder bewirkt.

Dieser Anblick heilte etwas in ihr, das schon seit langer Zeit darauf gewartet hatte.

„Es kann gelingen."

Sie bog um die Ecke, um tiefer in das Wäldchen einzutauchen, als ihr ein Mann entgegenkam. Direkt auf sie zu. Keine Chance, auszuweichen. Kurz zog sich in ihrem Magen alles zusammen und sie versuchte den Blickkontakt zu vermeiden. Wollte einfach rasch vorbeihuschen. Klein, unauffällig, möglichst unsichtbar.

„Guten Morgen", erklang da eine sehr warme und wohltönende Stimme. Nun musste sie aufblicken und sah ihn direkt vor sich stehen. Ja, er war stehen geblieben. Er lächelte und seine Augen lächelten mit. Warm. Offen.

„Guten Morgen", erwiderte sie und wollte an ihm vorbei. Da streckte er ihr seine Hand entgegen und sagte: „Ich bin David – schön, dass du da bist."

Ah, okay – das konnte nur ein Versehen sein. Sie kannte ihn nicht und folglich konnte er sie auch nicht kennen. „Doch, ich kenne dich und du kennst mich auch. Du wirst dich noch erinnern. Hast du Lust, dass wir ein Stück weit gemeinsam gehen? Wir müssen nicht reden. Wir können reden, wir können auch zusammen schweigen. Hast du Lust?"

Mein Gott, wer war das? Sie wollte eigentlich alleine sein, doch von ihm ging eine eigenartige Anziehungskraft aus. Sie fühlte sich sehr wohl in seiner Gegenwart, wenn sie ganz ehrlich war. Sie fühlte sich sicher und geborgen. Ein Gefühl, das sie so in dieser Intensität schon lange nicht mehr gespürt hatte. Okay – was tun – wie entscheiden?

Hatte sie überhaupt eine Wahl?

„Du hast immer die Wahl. Das musst du wissen. Lass uns gehen."

Es war mit einem Mal ganz klar und sie gingen zusammen weiter. Zuerst schweigend, doch dann meinte sie: „Sag mal, ich würde dir gerne etwas erzählen. Keine Ahnung, warum ich dir das erzählen will, wo ich dich doch heute das erste Mal sehe. Aber ich möchte so gerne, so unbedingt. Es drängt mich sehr dazu. Darf ich?"

David drehte sich zu ihr und nickte. „Natürlich – ich weiß doch, dass du reden möchtest. Dafür bin ich da."

Ohne große Umschweife kam sie zur Sache: „Weißt du, mein Leben fühlt sich an wie in riesige Schraubzwingen gepresst. Druck von außen, Druck von innen. Ich kann mich wahrlich nicht beschweren. Ich wollte immer eine Familie. Jetzt habe ich einen Mann, eine Tochter und könnte doch eigentlich glücklich sein. Doch für mich fühlt es sich so an, als hätte ich meine Selbstbestimmung, meine Wünsche als Eintrittskarte in dieses Leben abgegeben. Das war der Preis dafür. Wenn ich ehrlich bin, ist es für mich gerade die Hölle auf Erden. Ich fühle mich missbraucht und fremdgesteuert. Ich weine viel, wenn ich alleine bin. Ich drehe mich im Kreis, meine Gedanken drehen sich wie ein Karussell und es ist mir schon ganz schwindelig davon, alles abzuwägen. Eine Entscheidung zu treffen, fällt mir deshalb auch sehr schwer. Ich habe keine Wahl. Doch da ist so ein Aufbäumen in mir. Ein letzter Rest, der wohl doch noch ein Fünkchen Hoffnung verspürt. Diesem Fünkchen möchte ich gerne folgen."

Und dann holte sie ihr Handy aus der Tasche und zeigte ihm das Foto, das sie heute Morgen von dem Bild gemacht hatte. „Schau mal – so möchte ich springen. Diesen Mut will ich haben, diese Kraft, diese Klarheit und Stärke. Ja, dieses Vertrauen, dass es mir gelingt."

David war stehengeblieben und blickte sie an. Ganz sachte legte er eine Hand auf ihre Schulter. Auch das fühlte sich sehr vertraut an. Diese Geste berührte sie zutiefst und sie ließ ihren Tränen freien Lauf. David nahm sie in den Arm und führte sie zu einer kleinen Bank, ganz in der Nähe.

„Setz dich." Er legte wieder seinen Arm um ihre Schultern und hielt sie sachte. Sie lehnte sich an ihn und schloss die Augen.

„Du erzählst mir so viel in den wenigen Worten, die du ausgesprochen hast. Doch vor allem sehe ich hier ein kleines Mädchen, das zutiefst erschüttert ist. Erschüttert in ihrem Glauben an die Liebe und das Leben. Aber ich sehe auch eine erwachsene Frau, die gerne wieder erblühen möchte, sich selbst leben will, frei und unabhängig.

Du bist sowohl das kleine Mädchen als auch die erwachsene Frau. Nur du kannst zwischen den beiden wieder eine Einheit herstellen. Diese Einheit braucht es, damit du springen kannst. Damit du eine Entscheidung treffen kannst. Sonst fühlt es sich immer so an, als würdest du einen Teil zurücklassen.

Schau, du denkst und denkst den lieben langen Tag. Du überdenkst deine Ehe, das sehr verletzende und unbefriedigende Zusammensein mit deinem Mann. Du malst dir aus, wie deine Zukunft aussieht, wenn du diese oder jene Entscheidung triffst.

Doch lass mich dir hier sagen: Entscheidungen werden aus der Gegenwart heraus getroffen.

Du musst etwas ganz Wesentliches wissen und verstehen: Gedanken sind wie Geräusche im Universum. Sie versuchen, auf sich aufmerksam zu machen. Immer wieder, laut, aufdringlich. Sie wollen dir Geschichten erzählen. Wie es bisher war, wie es vielleicht sein könnte. Doch etwas können

Gedanken nicht: Sie können dir nichts Frisches, nichts Unbelastetes schenken. Gedanken entspringen immer deinen bereits gemachten Erfahrungen.

Was dir jetzt wirklich dient, damit du wieder in deine Einheit zurückfindest und bereit bist für den Sprung, ist etwas zutiefst Wahres. Damit meine ich etwas, das nur aus deinem jetzigen, wahren Bewusstsein entspringen kann."

David schaute sie aufmerksam an. Er machte an dieser Stelle eine Pause. Sie hielt immer noch die Augen geschlossen und lehnte an ihm. Doch jetzt atmete sie tief durch. Ihr Körper richtete sich auf, sie wandte sich ihm zu und öffnete ihre Augen: „David – was soll ich machen? Bitte hilf mir."

David lächelte sie an. „Du darfst verstehen, dass du gar nichts machen musst. Um eine wirklich gute Entscheidung zu treffen, um den Sprung zu wagen, den Mut und das Vertrauen dafür aufzubringen, braucht es nicht das TUN. Es braucht das SEIN.

Schließe für einen Moment deine Augen. Atme tief durch. Stelle dir die Frage: ‚Was wäre ich JETZT – in diesem Augenblick – ohne meine Gedanken?'

Sofort öffnet sich ein Raum der Stille und der Weite. Das bist du jetzt. Das SEIN – angekommen im SEIN. Erlaube es dir. Sei ruhig, beobachte dich einfach in diesem Raum. Wenn die Gedanken kommen, dann wiederholst du deine Frage: ‚Was wäre ich ohne diese Gedanken?' Und sofort bist du wieder da im SEIN. Nicht wissen müssen. Da SEIN. Jetzt nimmst du dein kleines Mädchen in die Arme und schenkst ihm all deine Liebe. Ihr werdet wieder zu der Einheit, die ihr immer seid. Einfach durch deine Absicht. Deine Wahl.

Ja – du hast immer die Wahl. Sei dir dessen ganz sicher. Du bist kein Spielball irgendwelcher Umstände. Du selbst trägst deine Realität, dein Leben, deine Liebe tief in dir. Von innen nach außen. Das wählst du jetzt."

„Es kann gelingen."

Es gelingt!

David sprach weiter: „Dieser Raum der Stille und der Weite, dieser Raum ist immer in dir. Du musst ihn nie im Außen suchen. Sondern du kannst darauf vertrauen, dass du dein wahres, bewusstes Sein in dir trägst. Verweile in diesem Raum und erlaube dir, da zu sein. Im Hier und Jetzt.

Erst dann kommt das Tun – erst dann kommt die Handlung. Stelle dir jetzt vor, wie du auf deinem Felsen stehst. JETZT – in deiner ganzen Kraft, in deinem grenzenlosen Vertrauen und einer sehr großen Liebe zu dir und deinem Leben. So triffst du deine Entscheidung.

Es gelingt! Ja, es gelingt dir jetzt ganz leicht. Und du springst. Soll ich dir noch was sagen? Du genießt jetzt diesen Absprung und deinen Flug ins Unbekannte. Weil du weißt, dass es ein Flug in deine Freiheit ist. Jetzt landest du auf der anderen Seite. Weich und dennoch kraftvoll. Geschmeidig richtest du dich auf zu deiner vollen Größe und jetzt rufst du es in die ganze Welt hinaus:

Ja – ich bin da – ich bin frei und ich liebe mein Leben. Ich bin der Schöpfer meines Lebens."

David machte wieder eine Pause. Er ließ ihr Zeit. Und auf einmal stand sie auf, breitete ihre Arme aus und rief: „JA – ja, ich habe gewählt, ja, ich bin gesprungen und jetzt bin ich da. Da für mich, mein Mädchen, mein selbstbestimmtes Leben."

Mit feuchten, aber glänzenden Augen drehte sie sich zu David um und strahlte ihn an. „Ich habe gar nicht gewusst, dass das noch in mir steckt. Wow – so eine Weisheit, so viel Liebe und so ein unbändiges Verlangen, endlich wieder mein Leben zu leben. DANKE – ich danke dir von Herzen." Sie konnte gar nicht anders, sie musste David umarmen. Diesen Mann, der ihr wie ein Geschenk des Himmels vorkam.

So standen sie eine Weile, bevor David sich löste. „Ich danke dir – es war mir eine Ehre, dir zu begegnen. Vergiss nie – es braucht Menschen wie dich, die in ihren dunkelsten Stunden niemals aufgeben. Niemals. Bis sie erkennen, dass sie immer eine Wahl haben. Dass niemand, aber auch gar niemand sie ihrer inneren Weisheit und Kraft berauben kann. Vielleicht sieht es eine Zeit lang so aus, doch sobald diese Illusion durchschaut wird, hat der Spuk ein Ende und der Sprung gelingt. Du bist frei."

Er nahm zum Abschied nochmals ihre Hände in die seinen und hielt sie für einen Moment. Dann drehte er sich um und ging.

War das der Abschied? Sie wusste es nicht. Es war auch nicht wichtig. Alles hatte sich geordnet und einer neuen Gewissheit Platz gemacht. Sie war frei. Und es stand absolut in ihrer Macht, diese Freiheit weise einzusetzen.

Wie innen so außen.

Aufgeräumt im Inneren, bereit für den Wandel im Außen. Sie setzte sich nochmals auf die Bank. Diese Zeit mit sich selbst wollte sie nun genießen. Nachspüren. Da sein. Das Foto nochmals anschauen. Sich selbst in den Armen halten. In ihrem Tagebuch schreiben.

Das ist meine Geschichte, die ich dir mitgebracht habe und so frage ich dich:

Wer ist dein David, wenn es dunkel ist, wenn du springen möchtest, aber die Hürde zu hoch, der Abgrund zu tief erscheint?

Wann erlaubst du dir frei zu sein, dich selbst wieder zu ermächtigen und kraftvoll aus deinem wahren SEIN heraus deinem Leben, deinem Verlangen, deiner Bestimmung zu folgen?

Du hast immer die Wahl – auch jetzt.

Für DICH und deinen Mut, deine neue Wahl

Es ist sehr befreiend, wenn wir erkennen, dass Entscheidungen immer aus dem JETZT heraus getroffen werden. Immer wenn du in einer Situation in deinem Leben bist, die sich nicht liebevoll für dich anfühlt, dann stelle dir die Frage:

Was braucht es jetzt, damit ich aus meinem SEIN heraus Klarheit bekomme für meinen nächsten Schritt?

Oft wägen wir ab, nehmen durchaus auch lange Leidensphasen in Kauf, um nur ja die richtige Entscheidung zu treffen. Ja, es braucht Mut und ja, es ist herausfordernd.

Doch es lohnt sich so sehr, innerlich, aus dem wahren SEIN heraus, eine neue Wahl für sich selbst zu treffen. Der Beginn liegt immer im SEIN. Erst dann können wir handeln.

Wie also kannst du dir dieses SEIN wieder erschließen und erfahren?

Wie kommst du in deine Selbstermächtigung, in deine volle Kraft?

Die folgenden Fragen dürfen dich dabei unterstützen. Sei neugierig, ohne Erwartung, spiel damit und staune über deine Antworten und Erkenntnisse.

Wie triffst du Entscheidungen – bisher – wie löst du Probleme?

....

....

....

Was unterstützt dich dabei – was fühlt sich gut an – was weniger gut?

....

....

....

Stelle dir jetzt deine aktuell größte Herausforderung, das Thema, das dich gerade am meisten beschäftigt, vor – was ist es?

....

....

....

Was, wenn du deine Sichtweise veränderst, in dir einen weiten Raum der Stille öffnest und dann nochmals darauf blickst. Was ist jetzt möglich?

....

....

....

Bist du bereit, dich selbst zu ermächtigen, deinen Platz einzunehmen und aus diesem Raum eine neue Wahl zu treffen – was zeigt sich?

....

....

Was wäre, wenn …

Warum kann es nicht endlich anders sein? Da stehe ich schon so lange an dieser Stelle und nichts passiert. Wie lange denn noch. Ich wünsche mir so sehr, dass ich …

Ja, was wünsche ich mir denn?

Ich kann es nicht genau benennen. Auf jeden Fall weiß ich, was ich nicht mehr will. Was mich stört und nicht so verläuft, wie ich es gerne hätte.

Manchmal stelle ich mir vor, wie schön es sein muss, glücklich zu sein. Genau zu wissen, wo mein Platz im Leben ist. Den tiefen Sinn darin zu erfassen und sich davon durchströmen zu lassen.

Ich stelle es mir vor – mit einem gewissen Abstand. Ich halte es auf Abstand. Ich selbst.

Das gehört noch nicht zu mir.

Wenn jetzt eine Fee zu mir hereinkommen würde – du weißt schon – mit dem magischen Zauberstab in der Hand und ganz viel Glitzerstaub, das wäre genial. Denn sie würde genau diese Worte zu mir sagen:

„Was wünscht du dir denn? Sag es mir, damit deine Wünsche in Erfüllung gehen können."

Da stehe ich nun, vor der Fee, und mir bleiben die Worte im Hals stecken. Warum nur, warum nur sprudelt es nicht einfach so aus mir heraus? Warum nur kann ich auf einmal gar nichts sagen und in meinem Kopf ist alles leer?

Jetzt bin ich doch so oft unzufrieden mit meinem Leben und hoffe auf eine bessere Zukunft. Ich hoffe, dass mich meine Vergangenheit loslässt. Ich hoffe, dass ich endlich eine andere sein kann, als die, die ich momentan bin.

Aber etwas ganz Wichtiges habe ich scheinbar vergessen.

Die Gegenwart.

Wie in einer Zeitmaschine bin ich immer unterwegs. Meine Unzufriedenheit, meine Sehnsüchte sind der Motor. Aber sitze ich wirklich hinter dem Steuer? Oder überlasse ich es irgendwelchen Hirngespinsten?

Was oder wem jage ich hinterher?

Die Gegenwart.

Ich trete auf die Bremse. Ich halte an – ich halte inne.

Brauchen wir wirklich immer erst eine Fee, um das Offensichtliche zu erkennen?

Was, wenn wir diese Fee in uns tragen – jeder von uns?

Und was, wenn unsere innere Fee immer den Zauberstab für uns schwingt und den Glitzerstaub wirft – immer dann, wenn wir bereit dafür sind?

Auf einmal erkenne ich, woran ich so lange vorübergegangen bin.

Es ist, als ob mir meine Fee in die Ohren flüstert: Schau doch mal hin, schau doch mal genau hin. Es ist schon so viel da.

Und dann zaubert sie für mich.

Mein Knoten im Hals löst sich und alles wird ganz frei. Aber Wünsche – die formuliere ich jetzt nicht – jetzt ist etwas anderes an der Reihe, das spüre ich.

Ich darf annehmen.

Wie Schuppen fällt es mir von den Augen. Dazu war ich ja noch nie bereit. Annehmen. Die Hände öffnen, das Herz öffnen. Annehmen.

Sie zaubert mich in die Dankbarkeit. Denn die Dankbarkeit ist der Schlüssel für das Annehmen, das Empfangen.

Ich kann dir sagen, das ist unbeschreiblich. So hatte ich das nicht erwartet. Ich liebe meine Fee.

Nie habe ich diese Türen gesehen, die die Dankbarkeit so schnell für mich öffnet.

Da liegen sie – all die Schätze. Ich habe sie nicht gesehen. Bin daran vorbeigerannt. Ich war ja beschäftigt, in der Vergangenheit – in der Zukunft.

Ich war beschäftigt mit meiner Suche.

Doch jetzt bin ich da. Ich bin dankbar.

Tränen stehen mir in den Augen. Mein Herz ist übervoll. Wie konnte ich das nur übersehen?

Diese Fülle in meinem Leben. Jetzt und hier.

Mir ist, als ob meine Fee vor mir steht und sagt: „Du wirst niemals wissen, ob du in der Zukunft so glücklich bist, wie du es dir vorstellst. Denn bereits in der nächsten Sekunde ist deine Zukunft schon wieder eine ganz andere.

Du wirst niemals erfahren, was gewesen wäre, wenn du in deiner Vergangenheit andere Entscheidungen getroffen, andere Erlebnisse und Begegnungen erfahren hättest.

Aber, was du ganz sicher weißt und auch spürst, das ist das Glück und die unbeschreibliche Fülle, welche du von deiner Dankbarkeit geschenkt bekommst. Und sie schenkt es dir JETZT – immer JETZT.

Dann, wenn du auf das blickst, das fühlst, das annimmst, was bereits jetzt in deinem Leben ist.

Dankbarkeit, Empfangen und Annehmen gehen Hand in Hand.

Die Dankbarkeit ist ein Lichtstrahl. Zu Beginn vielleicht noch wie das zarte Leuchten einer Taschenlampe. Damit erkennst du die kleinen Dinge in deinem Leben – das, wofür du dankbar bist."

Nach und nach wird das Licht immer kräftiger – weiter – heller.

Du staunst. Da wird so vieles sichtbar.

Leuchte überall hinein mit deiner Dankbarkeit – in jeden noch so kleinen Winkel. Voller Freude und Neugier.

DANKE

Nimm dir die Zeit

Ein ‚Danke' ist etwas Wunderbares

Es berührt dein Herz

Es öffnet dich für die Schöpfung

Und es zeigt dir die Fülle in deinem Leben

DANKBARKEIT

Sie führt dich in die Freiheit

Wofür bist du dankbar – jetzt?

Genau Jetzt

Mit einem DANKE kannst du am Morgen deinen Tag beginnen

Mit einem DANKE darfst du am Abend einschlafen

Es ist die Dankbarkeit, die dich lächeln lässt

Und die dich für deine Seelenverbindung öffnet

Raum für deine Aha-Momente, deine Erkenntnisse

Meine Worte, meine Geschichten sind eine einzige Einladung für dich, dich selbst neu wahrzunehmen. Es ist von so großer Bedeutung, dass du dir vertraust. Ermächtige dich dazu, ja, nimm deine Kraft, deine Macht in großer Liebe wieder an.

Was siehst du bei dir – deinem Leben – deinen Möglichkeiten – deinem SEIN?

....

....

....

....

....

....

....

....

Danke

An dieser Stelle sage ich DANKE an:

Meine Familie, ganz klar. Ohne sie wäre das nicht möglich. Mein genialer Mann, der mir den Rücken stärkt und freihält, mir Mut zuspricht immer für mich da ist. Ich liebe dich.

Meine beiden Töchter Ronja und Hannah. Immer glaubt ihr an mich, seid an meiner Seite. Mit euch ist für mich alles möglich.

Katja und die Buch-Masterclass auf der „Schreibinsel", mit all den wunderbaren Frauen – ich liebe eure Inspirationen und unser Miteinander sehr: Dagmar, Antonia, Andrea, Heike, Gabi, Tatjana und Christine.

Die Fraktion Österreich: Alois, mein wundervoller Buddy mit seiner Kreativität, dem Blick für das Wesentliche. Riccarda, meine Freundin und Kollegin, mit ihrer Klarheit im Korrektorat und dem Sinn für das Elegante.

Meine MM (Montags-Mastermind) mit Katharina, Alexandra, Reinhard und Birgit. Nichts ist zu verrückt, zu außergewöhnlich, zu groß – wir halten den Raum weit und die Energie hoch. Das scheinbar Unmögliche wird möglich. Danke für euer Bestärken und Mut machen.

Ursula, die mich schon vor unendlich langer Zeit darin bestärkt hat, doch endlich mein Buch zu schreiben. Es hat gedauert, jetzt ist es da und das ist nur der Anfang.

Die wunderbaren Zuhörer meiner ersten Lesung, damals – als es noch gar kein Buch gab. Mit ihnen durfte ich meine Geschichten teilen und sie waren ein tolles Publikum. Da war klar: Bald halte ich mein erstes Buch in den Händen.

All die Menschen, die auch online schon meinen Geschichten gelauscht haben und mir eine Bestärkung und Bereicherung auf meinem Weg waren und sind.

Über mich

Mein Name ist Silvia Heimburger. Als SeelenGabenCoach und Autorin begleite ich Menschen dabei, ihre innere Weisheit wiederzuentdecken, sie zu verstehen und ihr zu vertrauen.

Ich lebe mit meiner Familie in der Nähe von Stuttgart, ziemlich ländlich. Dort bin ich gleich in der Natur und finde die Stille, die mir so wichtig ist.

Das sind die Fakten – doch an dieser Stelle möchte ich dir auch etwas über mein „Warum" erzählen. Warum ich schreibe, warum ich Worte, Geschichten auf meine Art und Weise in die Welt bringe.

Denn ich schreibe nicht nur – ich lese sie auch vor. Im Anschluss an meine Lesungen lade ich meine Zuhörer direkt dazu ein, für sich innezuhalten und ihre eigenen Erkenntnisse daraus zu gewinnen.

Ich stehe für die Erinnerung an dein wahres SEIN.

Das war und ist für mich mein tiefstes „Warum". Zuerst durfte ich mich selbst wieder erinnern, es geschehen lassen. Wir sind alle so viel mehr als unser Körper, unsere Gedanken und die Geschichten, die wir uns jeden Tag erzählen.
Ich durfte meinen immerwährenden Gedanken im wahrsten Sinne des Wortes „aus dem Weg gehen". So konnte ich mich daran erinnern, wer ich in Wirklichkeit bin. Das hat mein ganzes Leben verändert. Meine Sichtweise, mein Verständnis über das Leben, mein Bewusstsein – mein SELBST-Bewusstsein.

Durch das geschriebene und gesprochene Wort werden Menschen an ihr wahres Selbst erinnert und erkennen ihre einzigartigen Gaben, die sie in sich tragen.

Lass dich gerne von meinem „Warum" inspirieren. Erinnere dich an dein wahres SEIN. Beginne, hinter die Gedanken zu blicken, in die Ruhe und Weisheit darunter einzutauchen. Begegne dir selbst auf eine zutiefst ehrliche Art und Weise. Entdecke dich neu.

So erkennst du ALLES und alle Möglichkeiten stehen dir offen.

„Du hast immer die Wahl und in deinem Inneren bist du frei."

Diese Worte sind bei mir gelebte Wirklichkeit. Jede noch so große Hürde oder der scheinbar unnötigste Umweg kann sich so als Türöffner offenbaren.

Mehr von mir findest du hier:

Silvia Heimburger I SeelenGaben
Worte & Geschichten – Seminare – Coaching – aus der Seele für die Seele

Webseite: www.silviaheimburger.com
Email: silvia@silviaheimburger.com

Zeitfracht Medien GmbH
Ferdinand-Jühlke-Straße 7
99095 Erfurt, Deutschland
produktsicherheit@kolibri360.de